Les trois amis

original story by: Jennifer Degenhardt

Translation and adaptation by Theresa Marrama

Student artist: Ashley Pratz

This is a work of fiction. Names, characters, events or incidents are either products of the author's imagination or are used in a fictitious manner. Any resemblance to actual persons or actual events is purely coincidental.

For Terri. This book does not exist if not for you.

Table des matières

Remerciements

A huge thank-you to Theresa Marrama. Thank you for saving this book for me and from itself. Your ability to transform my stories from Spanish to comprehensible French is so appreciated – by me and by the many who read my them. I so enjoy our collaboration.

And thank you to Ashley Pratz, an 11th grade student at Wellington High School for submitting the beautiful cover art for this book. It was wonderful to work with such an enthusiastic and responsive student artist on this project.

Chapitre 1
Marissa

Je suis assise au bureau, dans ma chambre et j'écoute de la musique. En même temps, je fais mes devoirs. Comme d'habitude, je mets des écouteurs. J'ai des devoirs de maths, mais je n'arrive pas à me concentrer et toutes les deux minutes, je cherche une nouvelle chanson. Je n'arrive pas à me concentrer ce soir parce que je suis très impatiente. Jack et moi allons à un concert au théâtre près du centre-ville. C'est un concert spécial pour beaucoup de groupes locaux. Le concert s'appelle « La Bataille des groupes IV », et c'est une compétition entre beaucoup de groupes : des groupes d'ados et des groupes d'adultes aussi. Jack et moi, nous allons au théâtre pour écouter tout spécialement le groupe qui s'appelle « Tribute » parce que Julien et d'autres amis du collège jouent dans le groupe. Julien joue de la guitare et chante la majorité des chansons. Le groupe est phénoménal. Le groupe est si bon qu'ils ont un concert dans un restaurant à Beaupré tous les week-ends. Ce n'est pas mal pour un groupe de garçons qui a commencé à jouer ensemble il y a deux ans.

J'essaie d'écrire, mais je suis distraite. Je recommence à changer de chanson quand je reçois un message Snapchat de Jack :

À ce moment, j'entends ma mère qui me crie :

— Marissa, Jack est là.
— J'arrive maman, lui dis-je.

De la fenêtre je vois Jack dans sa voiture. Il est très beau assis dans sa Jeep avec ses cheveux bruns et son corps mince, mais musclé. Je le connais depuis longtemps, depuis la septième[1] quand sa famille a déménagé dans notre ville. Depuis le jour où il est arrivé en classe avec Monsieur Mullin, Jack et moi sommes inséparables. Nous faisons tout ensemble. Nous avons les mêmes cours, nous nageons dans la même équipe de natation et nous assistons à toutes sortes de concerts parce que nous aimons la musique - tous les genres de musique. J'ai un excellent rapport avec Jack. Nous parlons tout le temps et nous nous entendons très bien. Nous ne nous disputons pas et il n'y jamais de problèmes entre nous.

Mais, un jour, nous avons eu un problème. Nous étions en huitième année[2] au collège...

— Marissa, je dois te parler, m'a dit Jack un jour. Il est toujours content, mais ce jour-là il était sérieux. Jack était anxieux.

— Ok. On peut se parler ce soir ?

---

[1] septième – seventh grade.
[2] huitième année : eighth grade

— Non, a répondu Jack. Je veux te parler maintenant.

— Uhhhh. Ok. Qu'est-ce qui se passe Jack ? Je m'inquiète, lui ai-je dit.

— Marissa, Je dois te dire quelque chose de très important. Mais je ne veux pas que tu penses du mal de moi.

— Jack, je te connais mieux que tout le monde. Rien ne peut me faire changer d'avis.

— Marissa, je suis homosexuel.

Je n'ai pas répondu.

— Quoi ?

— Oui, Marissa. C'est vrai. J'aime les garçons.

Quelques minutes ont passé et personne n'a parlé. Finalement, Jack m'a dit :

— Tu es fâchée ?

— Uhhh. Non, Jack. Bien sûr que non. Je suis seulement surprise. Je n'en avais aucune idée[3].

*****

---

[3] Je n'avais aucune idée : I had no idea.

Encore une fois mes pensées me ramènent[4] au présent. Je cours presque à la Jeep où Jack m'attend. Pendant quelques jours après son *coming out* en huitième année, nous n'avons pas parlé. Ce n'est pas un problème que mon meilleur ami soit gay, mais j'étais fâchée ; j'étais fâchée parce qu'il ne m'avait rien dit. Je suis sa meilleure amie ! Ha ha ha, il n'y a pas de secrets entre nous. La vérité est que rien n'a changé dans notre amitié. Jack est toujours mon meilleur ami.

Je descends les escaliers et je dis au revoir à mes parents qui regardent un programme de Netflix à la télé dans le salon.

— Au revoir, papa et maman. À ce soir, après le concert !

— O.K. Rissy, me dit mon père en utilisant mon surnom. N'oublie pas que tu dois être rentrée à la maison à 21h30.

— Je sais, papa. C'est la même heure chaque soir, lui dis-je.

— Amuse-toi bien, me dit ma mère.

J'arrive à la voiture de Jack et je monte.

---

[4] me ramènent : (they) bring me back.

— Salut Jack, ça va ?

— Salut *mi amor*. Tu es prête pour le concert ? Tu veux voir ton beau petit ami jouer avec son groupe ?

Jack me parle quelquefois en espagnol parce qu'en plus d'être en cours de français avec Julien, il fait aussi de l'espagnol.

Jack continue :

— *Mi amor*, nous devons vite entrer dans l'auditorium pour trouver de bons sièges. Je veux m'asseoir près des groupes. Tu sais que j'aime regarder les beaux garçons.

— C'est bon, Jack. S'il te plait ne m'appelle pas « mi amor » au concert. Je n'aime pas ça !

— Ha ha ha Marissa. Ça va. Quel genre de musique est-ce que les autres groupes jouent ? me demande-t-il.

— Je ne sais pas Jack. Mais le groupe de Julien a répété toute la semaine pour cette compétition. J'espère qu'ils vont gagner.

— Moi aussi. Julien et moi parlons tout le temps de cette compétition en cours de français. C'est très important pour lui. Il veut gagner parce qu'il veut le prix : deux heures gratuites d'enregistrement[5].

Oui, Julien est mon petit ami, mais Jack et Julien sont bons amis. Nous passons beaucoup de temps ensemble. Jack et moi étions amis depuis longtemps, mais quand j'ai rencontré Julien, je l'ai présenté à Jack et maintenant nous sommes tous amis.

La première fois que j'ai rencontré Julien c'était en cours d'anglais. Julien était nouveau au collège. Sa famille a acheté une nouvelle maison dans l'ouest de la ville. Quand je suis entrée dans la classe, il m'a surprise. Il portait un pantacourt[6] blanc et une chemise rose à longues manches. Il portait aussi des Vans - mes chaussures favorites. Avec ses cheveux noirs, longs mais pas trop longs, ses yeux bruns et ses dents super blanches, j'étais très contente de le voir. Julien est un très beau garçon. Et très sympathique. Tout ce semestre nous avons parlé pendant le cours d'anglais. Un jour, juste avant Noël, Julien m'a invitée à sortir avec lui.

---

[5] d'enregistrement : recording.
[6] pantacourt : capri pants.

— Marissa, Qu'est-ce que tu fais ce vendredi ? Tu as des projets ?

— Non, je ne pense pas. Qu'est-ce qui se passe ? lui ai-je dit.

— Mon groupe a annulé son concert au club et je suis libre toute la soirée. Tu veux aller au cinéma avec moi ? m'a-t-il demandé.

— Oui Julien ! Merci.

Et après le rendez-vous ce soir-là, Julien et moi étions petits amis.

*****

Jack et moi entrons dans l'auditorium et cherchons des sièges près des groupes. Le concert est excellent. Il y a beaucoup de groupes qui jouent deux chansons et après les juges font leur sélection. À la fin, les juges invitent trois groupes pour le dernier tour[7] et ils jouent une autre chanson. Le groupe de Julien joue très bien et ils participent au dernier tour où ils jouent une chanson originale. C'est un mélange de musique électronique qui est très populaire et de Méringue qui est un genre de

---

[7] le dernier tour : in the final round.

musique haïtienne. Julien est né en Haïti, et toute sa famille est d'origine haïtienne.

À la fin, Tribute n'a pas gagné le prix. Mais Jack et moi sommes très fiers de Julien et de ses amis. Nous attendons dans l'entrée pour leur parler.

— Julien, vous avez très bien joué !

— Merci, Marissa !

— Oui, mec[8]. J'ai aimé les chansons ! dit Jack.

— Merci, mec. Je dois vous dire au revoir pour retrouver mon groupe. Marissa, on se voit dimanche, oui ? Nous allons être à la plage à 11h00.

— Oui, Julien. Qu'est-ce que je peux apporter ?

— Absolument rien. Mes tantes vont tout faire. TOUT.

— D'accord, Julien. À dimanche, je lui dis. Vous avez très bien joué.

— Merci. Au revoir Marissa. Au revoir Jack.

En sortant du théâtre, Jack me dit :

---

[8] mec : guy; here, "man."

— *Mi amor*, tu as de la chance d'avoir un petit ami si beau et si talentueux !

— Tu as raison, Jack. Tu as raison.

Chapitre 2
Julien

C'est dimanche. Mes parents et moi arrivons en voiture à la plage. Immédiatement je vois Jack parce qu'il porte une chemise orange (l'uniforme de la plage ; Jack travaille là) et un chapeau fou. Jack porte toujours des vêtements intéressants. J'aime son style.

Nous avons un permis de stationnement pour la plage, mais mon père arrête la voiture et ouvre la fenêtre pour saluer Jack.

— Bonjour Jack !
— Bonjour Monsieur Martin. Comment était le service religieux ce matin ?

Chaque dimanche que Jack travaille à la plage, mon père et lui ont la même conversation. Mon père aime que Jack lui parle et lui pose des questions au sujet de la messe parce que mon père est très religieux et il aime discuter de religion.

— Merci, Jack. Tout va bien à l'église. Nous avons chanté, prié et écouté le prêtre.

— Très bien, Monsieur. J'espère que vous allez passer une bonne journée ici à la plage. Toute votre famille vient comme d'habitude ? demande Jack à mon père.

— Oui, Jack. Nous allons être ici toute la journée. S'il te plait, viens manger avec nous après ton travail.

— Vous êtes gentil. Merci. À tout à l'heure, lui répond Jack.

Nous arrivons au même endroit que tous les dimanches. C'est une tradition de venir à la plage après l'église et de faire des grillades[9] avec la famille. Mes tantes, oncles, cousins et les parents de ma mère viennent aussi. En tout, nous sommes de trente à quarante personnes, mais ça dépend si tout le monde vient. Ma famille proche est assez petite : il y a juste mes parents, mon frère et moi. Mon frère est étudiant à l'université de Vancouver, et à cause de ça mes parents me donnent toute leur attention. C'est terrible. Et maintenant je suis aussi le seul ado de la famille. Tous mes cousins sont plus âgés que moi avec leurs propres enfants qui ont moins de 10 ans. À cause de ça, j'ai invité Marissa à aller à la plage avec nous ce

---

[9] faire des grillades : to have a barbecue.

week-end. Elle va arriver dans une heure, après sa leçon de piano.

Pour l'instant, je me concentre sur la préparation du pique-nique : les tables, le grill et bien sûr la musique. C'est moi qui choisis la musique chaque semaine parce que j'ai les meilleures *playlists*.

En premier, je vois ma cousine Charlotte avec son mari et leurs deux enfants. Elle porte un plateau de *bannann peze* – c'est un plat qui vient des Antilles : des bananes plantains qui sont coupées et frites. C'est délicieux.

— Salut Juju, me dit-elle. Juju est le surnom que ma famille m'a donné il y a quelques années.
— Salut Charlotte.

Je lui fais la bise, et tout de suite elle commence à me taquiner[10] :
— Juju, ta mère me dit que ta copine vient aujourd'hui, c'est vrai ?
— Oui, Charlotte. Marissa va venir dans une heure.

_____

[10] taquiner : to tease.

— Comme c'est mignon ! Vous pouvez faire une promenade à la plage. Oh, que c'est romantique !

— Mon Dieu, Charlotte. Arrête ! lui dis-je.

Les autres arrivent avec tout le nécessaire pour le pique-nique : des chaises, des tapis, des ballons de foot, et bien sûr, de la nourriture. Il y a des plateaux de boulettes[11], *diri ak pwa*[12], du riz *djon-djon*, et de la viande de chèvre. Chaque semaine les mêmes personnes apportent la même nourriture. Le menu ne change jamais. Mon cousin Rémy arrive ensuite, presque toujours avant les autres. C'est bien parce qu'il est responsable des grillades.

Rémy me salue :

— Julien, ta petite amie vient aujourd'hui ?

Il est évident qu'il n'y a pas de secrets dans ma famille. Chaque personne qui arrive me

---

[11] boulettes : Haitian meatballs.
[12] Diri ak pwa : rice and beans.

pose des questions au sujet de Marissa. Je commence à avoir des doutes sur ma décision de l'inviter... Je ne sais pas si c'était une bonne idée de l'inviter. Je veux lui envoyer un texto pour lui dire de ne pas venir, mais c'est trop tard. Je la vois qui parle avec Jack par la fenêtre de sa voiture.

— Salut, Marissa. Merci d'être venue. Qu'est-ce que tu as apporté ?

— Salut Julien. J'ai préparé des biscuits à partager, me répond-elle.

Charlotte interrompt la conversation :

— Quelle bonne idée ! Les enfants vont adorer. Bonjour Marissa. Je suis Charlotte.

— Enchantée, Charlotte. La famille est très grande. Ça va être difficile de me souvenir de tous les noms, dit Marissa.

— Ne t'inquiète pas, Marissa. Je peux te présenter au reste de la famille.

Marissa et moi, nous nous approchons de la famille et je lui présente tout le monde : mon oncle Marc, ma tante Maria, mes cousins Paul et Etienne et leurs femmes et leurs enfants, mes grands-parents et beaucoup d'autres personnes. C'est un choc pour Marissa parce que sa famille est très petite. Elle a seulement ses parents et sa soeur, Cory. Sa famille vient de Pittsburgh, à cause de cela elle n'a pas de famille près de notre ville.

Finalement, nous retrouvons Charlotte et elle nous dit :

— Pourquoi ne pas faire une promenade sur la plage ? À votre retour, la nourriture sera prête.

— Bonne idée, Charlotte. Merci.

Je mets une main sur l'épaule de Marissa et je dis :

— On y va ?

Contente de ne plus être avec tant de monde, elle me répond :

— Oui, Julien. Allons-y.

Nous nous promenons pendant une demi-heure. La plage n'est pas très grande, mais nous nous arrêtons de temps en temps pour regarder le fleuve Saint-Laurent. Marissa essaie de me prendre la main plusieurs fois, mais à chaque fois je la retire[13]. La troisième fois, elle me demande :

— Julien, pourquoi est-ce que tu ne veux pas me prendre la main ?

— Aucune raison, Marissa. C'est juste que ma famille est là.

— Mais, quel est le problème ? Je suis ta petite amie.

— Oui, mais ma famille me taquine pour tout et je n'aime pas leurs commentaires.

Marissa n'est pas contente de ma réponse, mais malheureusement je ne dis rien. Nous retournons en silence voir ma famille.

Nous nous servons de la nourriture et nous nous asseyons à table. Je dois expliquer à Marissa toute la nourriture et comment elle est préparée parce qu'elle est très spéciale pour les Haïtiens.

Pendant que nous mangeons, Jack arrive :

— Bonjour, la famille Martin. Merci pour l'invitation. Je suis prêt à manger !

---

[13] je la retire : I pull it back.

Je commence à rire. Il est évident que Jack connaît ma famille, mais pas très bien. Mais, ce n'est pas important si ma famille le connaît ou non. Jack est Jack. Jack se présente à chaque personne de ma famille et parle à tout le monde. Tout le monde adore Jack, c'est un garçon exceptionnel. Après quelques minutes, Jack arrive à notre table.

— Ça va ? nous demande Jack.

Nous commençons à parler de l'école et du concert de l'autre soir. À ce moment, Jack me regarde et me demande : « Tu vas au musée mercredi ? »

Jack et moi sommes dans le même cours de français. Nous sommes assis à côté et nous parlons tout le temps. Mercredi, notre classe va visiter un musée au Québec. On va voir beaucoup d'objets d'art des Antilles que nous étudions en classe.

— Oui, je vais y aller. Je veux te montrer le restaurant de ma cousine près du musée, lui dis-je.

— Excellent. Tu sais combien j'adore manger ! répond Jack. Et il nous montre son assiette qui était pleine de nourriture mais qui est vide maintenant.

Jack, Marissa et moi passons le reste de l'après-midi à parler et à jouer au volley-ball avec toute la famille. Marissa est silencieuse - elle ne parle pas beaucoup - mais elle participe à la conversation quand Jack lui parle. Apparemment, nous avons un problème.

La vérité est qu'elle ne sait pas la magnitude du problème que nous avons.

Chapitre 3
Jack

Aujourd'hui la classe va en ville pour visiter un musée. Le prof de français nous demande de monter dans l'autobus. Julien et moi montons dans l'autobus et marchons au fond de l'autobus pour nous asseoir. Tous les élèves ont des brochures sur l'exposition d'art que nous allons voir au musée. Nous devons répondre à des questions. Nous devons compléter les questions avant le prochain cours. Pour nous, l'objectif de cette excursion n'est pas de voir une expo d'art, mais de ne pas aller à l'école toute une journée.

*****

Dans une main, Julien a un sac en plastique. Je lui demande :

— Qu'est-ce qu'il y a dans le sac ?
— J'ai apporté du *bannann peze*[14] pour quand on a faim, m'explique-t-il. On va partager.

---

[14] bannann peze : fried green plaintains.

— Tu sais que je les aime bien. Merci. Ce sont les restes du barbecue de dimanche ?

— Oui. Ce sont le *bannann peze* que Charlotte a préparés. Tu veux en manger maintenant ?

— Bien sûr.

Julien me connait bien. Il sait que j'aime toujours manger. Il m'offre le sac et je commence à manger. Pendant que je mange du *bannann peze*, Julien prend son portable et cherche la musique que j'ai préparée pour ce voyage. Je le regarde pendant qu'il tape doucement sur l'écran du portable. Julien est une personne très douce. Oui, il a beaucoup de charisme et c'est un excellent musicien, mais en même temps il est très doux et aimable. Il est le contraire des personnalités de sa famille.

Julien me demande : « Tu veux écouter de la musique avec moi ? » Normalement je suis une personne ouverte et forte ; peut-être est-ce un masque que je porte pour fonctionner chaque jour. Être homosexuel dans cette ville a été une expérience, et pas toujours une bonne expérience. Alors, j'ai utilisé ma personnalité pour me protéger. Si je suis énervant, je peux prendre de la distance avec les gens. Ils ne peuvent pas critiquer ma sexualité mais ils peuvent critiquer ma personnalité. Mais avec Julien, je suis différent. Je n'ai pas besoin de prétendre. Je n'ai rien à cacher. Avec lui, je suis à l'aise. C'est un bon ami.

Après une heure dans le bus, on arrive à la ville. Notre prof nous dit qu'on doit compléter le papier avec les questions pendant qu'on est dans le musée. La plupart des élèves, sauf quelques élèves intelligents, ont mis les papiers dans leur sac-à-dos et ne vont pas le sortir pour le reste de la journée. Le prof a préparé l'activité avec de bonnes intentions mais la vérité est que la plupart de la classe ne va pas la faire.

« Vous avez deux heures dans le musée et deux heures pour déjeuner et explorer. Venez me voir après votre visite des expositions du musée » nous dit-elle, bien que personne n'écoute.

Julien et moi descendons du bus et entrons dans le musée. En silence, on se sépare immédiatement et on monte au deuxième étage pour voir les tableaux.

D'abord, on voit des tableaux de France et du Québec, mais on aime bien l'exposition sur les Secrets d'Amazonie dans l'une des autres salles. Même si je ne veux pas compléter les activités que le prof m'a données, je veux bien voir ce qu'il y a à apprendre au sujet de ces masques. Il y a approximativement 100 masques différents de toutes les couleurs sur le mur.

Julien est aussi fasciné par ces objets anciens de l'Amazonie. Il est silencieux en regardant tous les masques que les gens utilisaient pour se déguiser quand ils ne voulaient pas se révéler aux autres. Je pense au masque que j'utilise tous les jours quand Julien me demande :

— Jack, comment tu as su que tu aimais les garçons ?

Ouah ! Je n'étais pas prêt pour cette question, surtout de la part de Julien. Julien et moi, nous sommes de bons amis, mais d'habitude on parle seulement de musique, des devoirs et de nos familles.

— Je ne sais pas, Julien. Je l'ai toujours su. J'étais très jeune quand j'ai commencé à penser aux garçons. Pourquoi est-ce que tu me demandes ça ?

— Je ne sais pas. Ce n'est rien. Ces masques sont fascinants, n'est-ce pas ?

La question de Julien ne m'a pas trop dérangé, mais ça m'a beaucoup fait penser au pourquoi. Julien sort le papier du prof de son sac à dos et il lit :

— Ces masques étaient utilisés comme déguisements religieux.

Je pense plus à Julien qu'aux masques. La raison pour laquelle je l'aime bien. Il est beau, c'est évident, mais c'est une personne bien. Est-il possible qu'il soit... ?

Tout à coup, d'autres étudiants arrivent à l'exposition où nous sommes, Julien et moi. Ils arrivent en faisant beaucoup de bruit. On les salue, mais on décide d'aller à l'une des autres galeries du musée.

*****

On sort de la salle d'exposition et il y a d'autres camarades de classe dans le hall.

D'habitude, Julien est très sociable et préfère parler avec d'autres personnes, mais aujourd'hui il me dit :

— Tu as faim ? Je t'invite à déjeuner dans le restaurant de ma cousine.

Je n'ai pas le temps de lui répondre parce qu'il me pousse vers l'entrée principale du musée. Il semble fâché, mais je ne sais pas pourquoi.

On marche vite dans le quartier du Vieux Québec. On passe devant plusieurs peintures murales faites par un artiste lyonnais qui décrivent plusieurs moments et personnages historiques de l'histoire du Québec. Dans les rues, on voit des touristes et des boutiques où on vend des souvenirs de la région. C'est cool !

On entre dans un restaurant très modeste. Le restaurant s'appelle « La maison haïtienne ». Je regarde autour de moi dans le restaurant. Je vois des hommes assis qui portent des uniformes du gouvernement québécois. Je pense qu'ils portent un uniforme parce qu'ils travaillent pour la ville.

Dans l'autre partie du restaurant, il y a des tables où Julien et moi nous asseyons. La serveuse arrive à notre table. Elle voit Julien et elle commence à crier : « Julien Martin ! Ca fait longtemps ! Regarde-toi ! Tu es beau ! C'est qui ton ami ?

— Salut Lovelie. Comment ça va ? dit Julien. Il se lève et la prend dans ses bras.

— Jack, je te présente ma cousine Lovelie.

— Salut Jack. Je suis sa cousine favorite. Comment ça va ?

Ils parlent quelques minutes en créole. Ils parlent trop rapidement et je ne comprends pas grand-chose. Ce n'est pas important. Je sais que Julien est content de parler avec sa cousine. Finalement, il s'assied avec moi.

— Jack, j'ai commandé pour nous, d'accord ?

— Oui, pas de problème. Je suis content d'être ici au restaurant de ta cousine. Quand est-ce que le restaurant a ouvert ?

Julien commence à expliquer l'histoire du restaurant de sa famille. Il explique comment ses grands-parents sont arrivés d'Haïti pendant les années 60 pour échapper au régime dictatorial de François Duvalier.

Plus tard, la conversation passe de l'histoire d'Haïti aux masques que nous avons vus dans le musée. D'une voix sérieuse, Julien me dit qu'il a l'impression de porter un masque tous les jours.

— Je ne comprends pas, dis-je à mon ami.

— Je ne sais pas exactement, Jack, mais je ne me sens pas réel quelquefois. Pas avec ma famille, pas avec Marissa. Je me sens bien seulement quand je suis avec toi.

Et à ces mots, Julien Martin prend ma main dans sa main, mais seulement pour quelques secondes.

*****

Après un déjeuner délicieux avec du *riz djon-djon*[15], des *boulettes*, du *fritay*[16], et du

---

[15] riz *djon-djon* : rice with black mushrooms, native to northern Haiti.
[16] fritay : fried.

griot[17], on marche en direction du bus pour retourner au lycée. On marche lentement parce qu'on a beaucoup mangé, mais je marche encore plus lentement à cause des pensées dans ma tête.

On monte dans le bus et Julien et moi trouvons une place au fond. On partage une paire d'écouteurs pour écouter une chanson en créole. Avant la fin de la chanson Julien s'endort avec la tête sur mon épaule. Qu'est-ce que je fais ?

---

[17] griot : Haitian pork dish.

Chapitre 4
Julien

Je suis dans ma chambre et ma mère m'appelle :

— Julien, tu dois sortir la poubelle et le recyclage avant de partir.

Je lui réponds d'un air fâché :

— Je sais maman, je le fais chaque jeudi matin. Je vais le faire aujourd'hui aussi.

Je pense à ma réponse. Je suis surpris quand ma mère me dit d'un air fâché :

— Julien, quel est le problème ? Tu ne dois pas sortir avec cette mauvaise attitude.

La vérité, c'est que ma mère a raison. Je ne me sens pas bien aujourd'hui. Je me suis réveillé de mauvaise humeur, mais je ne sais pas pourquoi. J'ai fait tous mes devoirs et j'ai étudié, alors je suis prêt pour l'école. J'ai bien dormi. Mais je ne sais pas pourquoi je ne me sens pas calme.

Il y a une semaine, ma classe est allée à Québec pour visiter une exposition sur les Antilles au musée. J'ai passé toute la journée avec Jack. Dans le bus, nous avons écouté de la musique des *playlists* que j'ai créées et puis on a vu l'exposition au musée ; après, on a mangé au restaurant de ma cousine et on est remonté dans le bus et on a encore écouté de la musique. On a passé un bon moment. Mais quand j'ai pris la main de Jack au restaurant... J'ai senti[18] une électricité que je n'avais jamais ressentie avant. C'est vrai que j'aime beaucoup Jack parce qu'il est amusant, mais je ne sais pas pourquoi je lui ai pris la main.

Cependant, ce moment a solidifié ce que je pensais déjà[19] : Jack est plus qu'un ami pour moi... peut-être que je l'aime.

Aimer Jack ? Comment ça ? J'ai une copine. Marissa et moi sommes ensemble depuis cinq mois. Nous sortons chaque week-end si je n'ai pas d'obligations avec le groupe, et je l'invite au parc pour passer du temps avec ma famille. Est-ce que je suis gay ? Comment

---

[18] j'ai senti : I felt.
[19] je pensais déjà : I already thought.

pourrais-je avoir des sentiments pour mon ami qui sont plus forts que ceux que j'ai pour ma copine ? C'est un grand problème. Je ne sais pas quoi ressentir.

— Julien ! Dépêche-toi ! Tu vas manquer le bus ! dit ma mère.

Je descends l'escalier avec mon sac à dos sans dire au revoir à ma mère ni prendre quelque chose à manger. Je prends la poubelle et le recyclage et je quitte la maison.

*****

Le soir, je sors de la maison à 19h00 pour arriver à la répétition à 19h15. Nous devons répéter pendant une heure au moins pour préparer les chansons que nous allons jouer le lendemain soir. Il y a un dîner de charité pour une organisation qui offre un logement aux enfants qui ne peuvent pas habiter avec leur famille.

J'arrive chez Paul. C'est mon ami et un membre du groupe. J'ai ma guitare avec moi, j'entre dans la maison et je salue ses parents qui sont dans la cuisine. Je descends immédiatement au sous-sol où nous répétons le jeudi.

— Salut Julien, me dit Paul.

— Salut, dis-je d'un air distant.

— Tu vas bien ? me demande-t-il.

— Plus ou moins. Mais t'inquiète pas. Je peux répéter ce soir.

— D'accord, Julien. Mais je ne m'inquiète pas pour la musique, je m'inquiète pour toi.

— Merci, Paul. Mais ça va, vraiment.

William arrive plus tard avec sa basse. Paul et William ont commencé le groupe il y a deux ans. Ils ne jouaient pas beaucoup en public, mais ils veulent vraiment jouer en concert dans le futur. Ils m'ont invité à me joindre à eux l'automne dernier, et après quelque temps, nous avons commencé à présenter des concerts. Et le jour où nous avons gagné de l'argent pour jouer – eh bien, c'était fantastique !

Ce soir je ne me sens pas bien. Désorienté. Je ne peux pas bien jouer. Les autres membres sont inquiets.

— Julien, quel est le problème ? On doit bien jouer ce soir si on veut un bon concert demain.

— Je sais. Je suis désolé.

Je veux leur parler de mes problèmes – mais je ne me sens pas assez à l'aise[20] pour partager mes sentiments pour Jack avec les membres du groupe.

Après une heure de répétition, je dis au revoir à Paul et William et je rentre à la maison.

---

[20] à l'aise : comfortable.

Chapitre 5
Marissa

Il y a une semaine, j'ai appris quelque chose de terrible. J'ai reçu un Snapchat de Pauline. Pauline n'est pas mon amie, mais une fille dans ma classe de musique. Un jour, elle m'a demandé mon nom sur Snapchat. En réalité, je ne voulais pas lui donner mon nom sur Snapchat. Mais c'était plus facile de lui donner mon nom sur Snapchat que d'expliquer pourquoi je ne voulais pas lui donner mon nom.

J'ai reçu beaucoup de photos de Pauline sur Snapchat. Les deux premières photos étaient des photos horribles de l'intérieur de Chez Jim's, une pizzeria populaire. Il y avait des messages bizarres sur les photos comme ce message-ci :

-- REGARDE, j'étais Chez Jim's, et j'ai vu ça...--

Mais la photo qui m'a choquée était cette photo-ci :

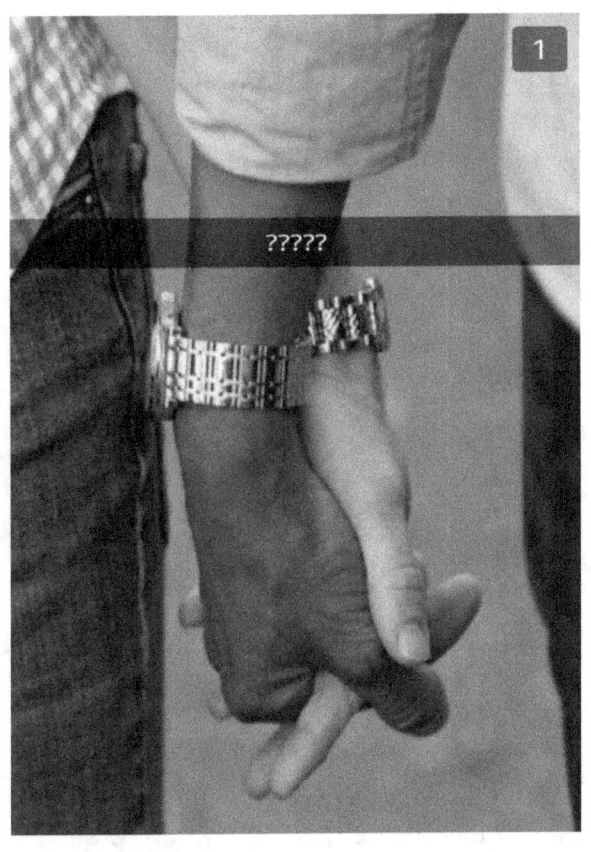

La photo était de Jack, mon meilleur ami, et de Julien, mon petit ami, main dans la main devant le restaurant. La photo n'était pas très claire, mais il y avait une intimité entre eux. Je n'avais aucune idée de quoi ils parlaient, mais je ne comprenais pas ce que je voyais sur la photo.

Quand j'ai vu la photo je ne pouvais pas en croire mes yeux. La photo était sur mon portable pendant quelques secondes, mais je ne peux pas oublier cette image.

J'avais beaucoup de questions :

Qu'est-ce que Jack et Julien ont fait ?
Pourquoi est-ce que Jack et Julien étaient main dans la main ?
Pourquoi Julien souriait-il ?
Pourquoi est-ce qu'ils semblaient tellement[21] contents et à l'aise ?

Bien sûr, je n'ai pas répondu à Pauline. Je ne savais pas quoi faire[22]. Je me suis assise sur mon lit immobile et silencieuse. Oui, Pauline aime causer des problèmes avec tout le monde à l'école mais la photo... Cette photo était réelle. Jack et Julien étaient ensemble à la pizzeria et ils ont montré leur monde personnel. Ce monde ne m'inclut pas.

Après avoir passé beaucoup de temps dans ma chambre, j'ai téléphoné à Julien pour

---

[21] tellement : so much.
[22] Je ne savais pas quoi faire : I didn't know what to do.

parler. Normalement, j'aime écrire des messages sur Snapchat mais cette conversation était plus importante et je voulais lui parler immédiatement.

C'était la conversation :

Julien (*content) : Salut, Marissa. Ça va ?

Marissa (*tendue[23]) : Julien, je dois te parler. Nous devons parler.

Julien : Quel est le problème Marissa ?

Marissa : (*fâchée) : Il y a une situation et je veux en discuter avec toi.

Julien : Nous pouvons en parler maintenant.

Marissa : (triste) : Non, Julien. Je veux te parler face-à-face.

Julien : Ok. J'ai répétition avec le groupe cet après-midi et ce soir j'ai...

Marissa : Non, Julien. Je dois te parler aujourd'hui. Quand est-ce que tu as le temps ?

Julien : Oh. C'est sérieux.

Marissa : Oui, très sérieux.

Julien : OK, nous pouvons nous retrouver au parc à 13h00.

Marissa : OK.

---

[23] tendue : stressed.

Julien et moi parlons rarement au téléphone, alors la conversation courte ne m'a pas surprise, mais le ton et la raison de l'appel m'ont fait mal au ventre.

*****

Je suis arrivée au parc et je me suis assise sur un banc[24]. Je ne savais pas quoi dire à Julien. Bien sûr que je l'aimais[25], mais il semblait avoir[26] d'autres sentiments.

Je l'ai aperçu quand il était en train de garer[27] sa voiture. Il portait un jean, un tee-shirt bleu. Il était si attirant, comme d'habitude. Beau.

— Salut, Marissa, dit-il en essayant de me faire un bisou[28].

Je n'ai pas accepté son bisou et je lui ai dit :

---

[24] je me suis assise sur un banc : I sat on a bench.
[25] je l'aimais : I loved him.
[26] il semblait avoir : he seemed to have.
[27] il était en train de garer : he was parking.
[28] bisou : kiss.

— Salut Julien.

— Quel est le problème ? Pourquoi est-ce qu'on ne pouvait pas se parler au téléphone ?

— Julien, ce matin j'ai reçu un message sur Snapchat de Pauline.

— Cette fille-là est pénible, dit Julien. Pourquoi es-tu inquiète ? Qu'est-ce qu'elle t'a dit ?

— Elle ne m'a rien dit, mais la photo qu'elle m'a envoyée... si.

— Qu'est-ce que tu as vu sur la photo ? m'a-t-il demandé.

J'ai respiré très fort[29] puis je lui ai répondu :

— Julien, Pauline m'a envoyé une photo de Jack et toi à la pizzeria.

Julien, sans comprendre la direction de la conversation a dit :

— Oh, oui. Julien et moi avons mangé au restaurant « Chez Jim's » mardi soir.

---

[29] J'ai respiré très fort : I breathed really hard.

On a parlé de notre projet pour le cours d'histoire-géo.

— Julien…

J'ai commencé à pleurer. Je ne voulais pas pleurer mais j'étais pleine d'émotions.

— Julien, sur la photo qu'elle m'a envoyée, Jack et toi étaient main dans la main.

Il y a eu un grand silence pendant une minute, même si ça semblait plus long.

— Marissa, je peux t'expliquer, a-t-il dit.
— Julien, dis-moi la vérité.

Après quelques excuses horribles, soi-disant qu'il consolait Jack pour quelque chose, Julien a fini par admettre ce que je ne voulais pas croire :

— Marissa, je suis gay. J'aime Jack. Mais toi aussi, tu es très spéciale…

Je ne l'ai plus écouté. Mon petit ami depuis quatre mois m'a dit l'impossible : il aime les garçons. De plus, il aimait mon meilleur ami.

Comment est-ce que ça s'est passé ? Je ne comprenais pas. J'ai pleuré. J'ai beaucoup pleuré en me posant[30] les mêmes questions plusieurs fois : Pourquoi ? Comment ?

---

[30] J'ai beaucoup pleuré en me posant : I cried a lot when I asked myself.

Chapitre 6
Jack

Nous sommes en juin et l'année scolaire va bientôt se terminer. Finalement. Julien m'a parlé de sa conversation avec Marissa dans le parc le mois dernier. Il lui a expliqué la situation de la meilleure manière possible, mais j'imagine que ce n'était pas assez pour Marissa. Ce jour-là dans le parc, elle n'a pas crié, mais elle a beaucoup pleuré. Je ne sais pas si elle a pleuré à cause de sa relation avec Julien ou parce qu'elle n'a pas compris. Probablement les deux. Elle n'a plus parlé à Julien après ça, et elle ne m'a plus parlé non plus[31].

La vérité est qu'elle me manque[32] beaucoup. Avant, quand quelque chose de bien ou de mal m'arrivait dans la vie, je lui envoyais un texto ou je lui téléphonais. Elle était ma meilleure amie. Je lui disais tout. Elle a été la première personne à connaître mon homosexualité. Et maintenant que je suis avec quelqu'un que j'aime de tout mon cœur[33], je ne peux plus le partager avec elle. Oui, je suis

---

[31] non plus : any more.
[32] elle me manque : I miss her.
[33] de tout mon cœur : with all my heart.

heureux avec Julien, mais je suis aussi triste. Nous ne sommes plus amis tous les trois[34].

Julien et moi avons fini le projet sur les masques antillais pour le cours d'histoire-géo. Après le voyage au musée, nous avons commencé à passer plus de temps ensemble. Nous allions[35] au restaurant, au cinéma, à la plage, et au centre commercial. Nous nous amusions[36] beaucoup, mais je pense que ça a un prix. Julien passait tellement de temps avec moi que les membres de son groupe ont commencé à se plaindre[37] parce qu'il manquait beaucoup de répétitions avec le groupe. Finalement, même si Paul et William aimaient beaucoup Julien, ils ont décidé de trouver un nouveau musicien pour le groupe. Julien était un peu fâché, mais il a compris que le groupe ne pouvait pas continuer de cette manière.

Julien et moi n'avons pas souvent vu Marissa à l'école. Elle a aussi trouvé de nouveaux amis. Je ne sais pas pourquoi ou

---

[34] tous les trois : the three of us.
[35] nous allions : we went.
[36] nous nous amusions : we had fun.
[37] se plaindre: to complain.

comment, mais elle a commencé à passer beaucoup de temps avec cette fille Pauline, qui lui avait envoyé le message sur Snapchat. La fille qui a envoyé la photo de Julien et moi main dans la main. Avant ce jour-là, nous étions tous de bons amis...

J'ai eu des problèmes aussi. Comme les membres du groupe de Julien, mon patron a la plage m'a viré[38] pour avoir manqué beaucoup de jours de travail - j'en ai manqué parce que je voulais passer tout mon temps avec Julien. Et la vérité était que Julien avait vraiment besoin de moi. Il avait beaucoup de problèmes avec sa famille depuis qu'il leur avait dit qu'il était gay, et ces problèmes existent encore.

*****

Un jour, Julien et moi étions au parc après les examens. Nous marchions, en regardant d'autres personnes jouer au foot, et des mères se promener avec leurs enfants. Il y avait beaucoup de soleil et un peu de vent. Julien m'a regardé et il m'a dit :

---

[38] m'a viré : fired me.

— Jack, je n'arrive pas à croire qu'on en est arrivé là[39].

— Oui, je sais. Les examens sont finis cette année, lui dis-je.

— Ce n'est pas ce que je veux dire. Je veux dire...

— Je sais ce que tu veux dire, Julien. Je suis heureux aussi. Je t'aime beaucoup et c'est un plaisir de passer du temps avec toi.

Julien a répondu :

— Je pense à Marissa et à la situation. Je ne voulais pas lui faire[40] du mal.

— Je comprends parfaitement. Marissa est très spéciale pour moi. Elle me manque. C'est elle qui m'a vraiment aidé à accepter la personne que je suis.

— Bien sûr, pour moi c'était différent. Je ne l'ai connue que depuis cette année. Mais je l'ai aimée dès que je l'ai rencontrée. Son sourire...

— Julien, j'ai une idée. Donne-moi ton portable. On va l'appeler maintenant.

---

[39] qu'on en est arrivé là : we are here.
[40] lui faire du mal : to hurt her.

— Jack, est-ce que c'est une bonne idée ? Qu'est-ce qu'on va faire si elle ne répond pas ? Attends . . .

J'ai ignoré ses objections. J'ai pris son portable et j'ai ouvert l'appli FaceTime pour appeler Marissa. J'avais le portable en main et Julien et moi avons attendu.

Glossaire

A

a - at
absolument - absolutely
accepter - to accept
accepté - accepted
accord - agreement
acheté - bought
activité(s) - activities
admettre - to admit
ado(s) - teenager(s)
adore - (I, s/he) love(s)
adorer - to love
adultes - adults
ai - (I) have
aidé - helped
aimable - friendly
aimaient - (they) loved
aimais - (I, you) loved
aimait - (s/he) loved
aime - I, s/he likes, loves
aimons - (we) like, love
aimé(e) - liked, loved
(à l')aise - comfortable
aller - to go
allez - (you) go

allions - (we) were going
allons - (we) go
allée - went
alors - so
amazonie - Amazonia
ami/e(s) - friend(s)
amitié - friendship
amor - love (in Spanish)
amour - love
amusant - amusing, funny
amuse-toi bien - have fun
(nous nous) amusions – we had fun
anciens - old
anglais - English
annulé - canceled
année(s) - year(s)
ans - years
antillais - Antillian
antilles - Antilles islands in the West Indies
anxieux - anxious
aperçu - noticed
apparemment – apparently
appel - call
appeler - to call

(m')appelle - calls me

(s')appelle - is called

appelée - called

apportent - (they) bring

apporter - to bring

apporté - brought

apprendre - to learn

appris - learned

(nous nous) approchons - (we) approach

approximativement- approximately

argent - money

arrêtons - (we) stop

arrivait - (s/he) was coming

arrive - (I, s/he) arrive/s

arrivent - (they) arrive

arriver - to arrive

arrivons - (we) arrive

arrivé(e)(s) - arrived

artiste - artist

as - (you) have

asseoir - to sit

asseyons - (we) sit

assez - enough

assied - sit

assiette - plate

assis(e) - seated

assistons - (we) attend

attend - (s/he) waits

attendons - (we) wait

attends - (I/you) wait

attendu - expected

attirant - attractive

au - to the, at the, in the

aucune - any

aujourd'hui - today

aussi - also

autobus - bus

automne - autumn

autour - around

autre(s) - other

aux - to the, at the, in the

avais - (I) had

avait - (s/he) had

avant - before

avec - with

avez - (you) have

avis - opinion

avoir - to have

avons - (we) have

B

ballons de foot - soccer balls

bananes - bananas

banc - bench

basse - bass guitar

bataille - battle

beau(x) - handsome

beaucoup - a lot
besoin - need
bien - well, good
bientôt - soon
biscuits - cookies
bise - kiss
bisou - kiss
bizarres - odd, weird
blanc(he) - white
bleu - blue
bon(s) - good
bonjour - good morning, hello
bonne(s) - good
boutiques - shops
bras - arms
bruit - noise
bruns - brown
bureau - office

C
c'/ça/ce - this
cacher - to hide
calme - calm
camarades - classmates
causer - to cause
cela - this, that
centre - center
cependant - while
ces - these
cet - this
cette - this
ceux - those
chaises - chairs

chambre - bedroom
chance - luck
changer - to change
changé - changed
chanson(s) - song(s)
chante - (s/he) sings
chanté - sang
chapeau - hat
chaque - each
charisme - charisma
charité - charity
chaussures - shoes
chemise - shirt
cherche - (I, s/he) look/s for
cherchons - (we) look for
cheveux - hair
chez - at the house of
choc - shock
choisis - chooses
choquée - shocked
chose - thing
ci - this
cinq - five
cinéma - movie theater
claire - clear
classe - class
collège - middle school
combien - how much, how many
commandé - ordered
comme - like, as

commence - (I, s/he) begin(s)
commencé - began
comment - how
commentaires - comments
compléter - to complete
comprenais - (I) understood
comprendre - to understand
comprends - (I, you) understand
compris - understood
compétition - competition
concentre - concentrate
concentrer - to concentrate
connaître - to know
connais - (you) know
connait - (s/he) knows
connue - knew
consolait - consoled
content(e)(s) - happy
continue - (I, s/he) continue(s)
continuer - to continue
contraire - contrary
copine - girlfriend
corps - body
couleurs - colors

coupées - cut
cours - course
courte - short
cousin(e)(s) - cousin(s)
crie - (I, s/he) yell(s)
crier - to yell
critiquer - to criticize
crié - yelled
croire - to believe
créole - Creole
créées - created
cuisine - kitchen

D

d'abord - first
dans - in
de - of, from
demain - tomorrow
demande - (I, s/he) ask(s)
demandes - (you) ask
demandé - asked
demie - half
dents - teeth
depuis - after
dernier - last
des - of, from
descendons - (we) go down
descends - (you) go down
deux - two
deuxième - second
devant - in front of

devoirs - homework
devons - (we) must
dieu - god
difficile - difficult, hard
différent(s) – different
dimanche(s) – Sunday(s)
dîner - dinner
dire - to say, tell
dis - (I, you) say
disais - said
disant - saying
discuter - to discuss
disputons - (we) argue
distraite - distracted
dit - (s/he) says
dois - (you) must
doit - (s/he) must
donne - (I, s/he) give(s)
donnent - (they) give
donner - to give
donné(es) - gave
dormi - slept
dos - back
douce - soft
doucement - softly
doutes - doubts
doux - soft
du - from the, of the
décide - (I, s/he) decide(s)
décidé - decided

décision - decision
décrivent - (they) describe
déguisements – disguises
déguiser - to disguise
déjà - already
déjeuner - to eat lunch
délicieux - delicious
déménagé - moved
dépend - (I, s/he) depend(s)
dérangé - bothered
désolé - sorry
désorienté – disoriented

E
échapper - to escape
école - school
écoute - (I, s/he) listen(s)
écouter - to listen
écouteurs – headphones
écouté - listened
écran - screen
écrire - to write
église - church
électricité – electricity
électronique – electronic
élèves - students
elle - she

émotions - emotions
en - in, on
enchantée - delighted
encore - still
endort - asleep
endroit - place
énervant - annoying
enfants - children
enregistrement - recording
ensemble - together
ensuite - then
entendons - (we) get along
entends - (you) hear
entre - (I, s/he) enter(s)
entrer - to enter
entrons - (we) enter
entrée - entered
envoyais - (I) was sending
envoyer - to send
envoyé(e) - sent
épaule - shoulder
équipe - team
es - (you) are
escalier(s) - staircase(s)
espagnol - Spanish
essaie - (I) try, (s/he) tries
essayant - trying
est - (s/he) is
et - and

étage - floor
étaient - (they) were
étais - (you) were
était - (s/he) was
étions - (we) were
étudiant(s) - student(s)
étudions - (we) study
étudié - studied
été - summer
eu - had
eux - them
évident - evident
exactement - exactly
examens - exams
exceptionnel - exceptional
existent - (they) exist
explique - (I, s/he) explain(s)
expliquer - to explain
expliqué - explained
explorer - to explore
expo - show
expérience - experience

F

fâché(e) - angry
facile - easy
faim - hunger
faire - to do, make
fais - (I, you) do, make

faisant - doing, making
faisons - (we) do, make
fait - (s/he, it) does, makes
faites - (you) do, make
famille - family
familles - families
fantastique - fantastic
fascinants - fascinating
fasciné - fascinated
femmes - women
fenêtre - window
fiers - proud
fille - girl
fin - end
finalement - finally
fini - finished, done
finis - (I, you) finish
fois - time, instance
fonctionner - to function, work
fond - background
font - (they) do, make
foot - soccer
fort(e)(s) - strong
fou - crazy
français - French
frites - fries
futur - future

G
gagner - to win, earn
gagné - won
galléries - galleries
garçon(s) - boy(s)
garer - to park
genre(s) - genre(s), type(s)
gens - people
gentil - nice
gouvernement - government
grand(e)(s) - big, large
gratuites - free
groupe(s) - group(s)
guitare - guitar

H
habiter - to live
habitude - usual
hall - lobby
hautes - tall
heure - hour(s)
heureux - happy
histoire-géo - historical geography class
historiques - historical
hommes - men
homosexualité - homosexuality
homosexuel - homosexual

huitième - eighth
humeur - mood

I
ici - here
idée - idea
ignoré - ignored
il - he
ils - they (masculine)
il y a - there is, there are
imagine - (I) imagine
immédiatement - immediately
impatiente - impatient
importante - important
impossible - impossible
inclut - include
indigènes - indigenous
inquiète - (I) worry, (s/he) worries
inquiets - worries
inséparables - inseparables
intelligents - intelligent
interrompt - (s/he) interrupts
intimité - closeness
intéressants - interesting
intérieur - interior

invite - (I, s/he) invite(s)
invitent - (they) invite
inviter - to invite
invité(e) - invited

J
j' - I
jamais - never
je - I
jeudi - Thursday
jeune - young
joindre - to join
jouaient - (they) were playing
joue - (I, s/he) play(s)
jouent - (they) play
jouer - to play
jour(s) - day(s)
journée - day
joué - played
juges - judges
juin - June
juste - just

L
l' - the
la - the
laquelle - which
le - the
lendemain - next day
lentement - slowly

les - the
leur(s) - their
libre - free
lit - bed
locaux - local
logement - housing
longtemps - long time
longues - long
lui - to him, to her
lycée - high school
lyonnais - from Lyon, France

M

ma - my
main - hand
maintenant - now
mais - but
maison - house
majorité - majority
mal - bad
malheureusement - unfortunately
maman - mom
manches - sleeves
mange - (I, s/he) eat/s
mangeons - (we) eat
manger - to eat
mangé - ate
manière - manner, way
manquait - (s/he) was missing

manque - (I, s/he) miss/es
manquer - to miss
manqué - missed
marche - (I, we) walk
marchions - (we) were walking
marchons - (we) walk
mardi - Tuesday
mari - husband
masque(s) - mask(s)
maths - math
matin - morning
mauvaise - bad
mec - guy, man
meilleur/e(s) - best
membre(s) - members
mer - sea
merci - thanks
mercredi - Wednesday
mes - my
messe - mass (church service)
mets - (I) put, put on
mi - my (in Spanish)
midi - midday
mieux - better
mignon - cute
mince - slim
mis - put
modeste - modest
moi - me

moins - less
mois - month
mon - my
monde - world
monsieur - sir,
    mister
montagne(s) -
    mountain(s)
monte - (we) go up,
    climb up
monter - to go up,
    climb up
montons - (we) ride
montre - (s/he)
    shows
montrer - to show
montré - showed
mots - words
mur - wall
murales - walls
musclé - muscled
musicien - musician
musique - music
musée - museum
mélange - mix
méringue - Meringue
    (music)

N
nageons - (we) swim
natation - swimming
ne...pas - does not
ni - nor
noirs - black
nom(s) - name(s)
non - no

normalement -
    normally
nos - our
notre - our
nourriture - food
nous - we
nouveau(x) - new
nouvelle - new
né - born
nécessaire -
    necessary

O
objectif - objective
objets - objects
offre - offer
on - we
oncle(s) - uncle(s)
ont - (they) have
organisation -
    organization
originale - original
ou - or
où - where
n'oublie pas - don't
    forget
oublier - to forget
ouest - west
oui - yes
ouvert/e - open
ouvre - (I, s/he)
    open(s)

P
paire - pair

pantacourt - capris pants
papa - dad
papier(s) - paper(s)
par - through, by
parc - park
parce que - because
parfaitement - perfectly
parlaient - (they) were talking
parle - (I, s/he) speak/s
parlent - (they) speak
parler - to speak
parlons - (we) speak
parlé - spoke
part - part
partage - (we) share
partager - to share
participe - (s/he) participates
participent - (they) participate
partie - part
partir - leaving
pas - not
passait - (s/he) was spending
passe - pass(es)
(se) passe - happening
passer - to pass
passons - (we) pass
passé - passed

patron - boss
pays - country
peintures - paintings
pendant - while
pensais - (I) thought
pense - (I, s/he) think/s
penser - to think
penses - (you) think
pensées - thought
permis - allowed
personnages - characters
personnalité - personality
personnalités - personalities
personne(s) - person(s)
personnel - personal
petit/e(s) - small
peu - a little
peut - (s/he) can
peuvent - (they) can
peux - (I, you) can
phénoménal - phenomenal
pique-nique - picnic
plage - beach
(se) plaindre - to complain
plaisir - to please
(s'il te plait) - please
plantains - plantains
plastique - plastic
plat - dish

plateau(x) - tray(s)
pleine - full
pleurer - to cry
pleuré - cried
plupart - mostly
plus - more
plusieurs - several
populaire - popular
portait - (s/he) was wearing
porte - door
portent - (they) are wearing
porter - to carry
posant - (they) pose
poubelle - trash can
pour - for
pourquoi - why
pourrais - (you) could
pousse - (s/he) pushes
pouvais - (I) could
pouvait - (s/he) could
pouvez - (you) can
pouvons - (we) could
premier - first
première - first
prend - (s/he) takes
prendre - to take
prends - (you) take
près - near
presque - almost
prête - ready
principale - principal

pris - taken
prix - price
prié - prayed
probablement - probably
prochain - next
proche - close
programme - program
projet(s) - project(s)
promenade - walk
promener - to walk
promenons - (we) walk
propres - own
protéger - to protect
préfère - (I, s/he) prefer(s)
préparation - preparation
préparer - to prepare
préparé/e(s) - prepared
présent/e - present
présenter - to present
présenté - presented
prétendre - to pretend
puis - then
pénible - annoying

Q
qu' - that
quand - when

quarante - forty
quartier -
    neighborhood
quatre - four
que - than, that
quel/le - what
quelqu/e - some
quelquefois -
    sometimes
quelques - some
qui - who
quitte - (I, s/he)
    leave(s)
quoi - what
québécois - from
    Quebec

R

(avoir) raison - to be
    right
ramènent - (they)
    bring back
rapidement - quickly
rapport - relationship
rarement - rarely
reçois - (I) receive
recommence - (I)
    tart again
recyclage - recycling
regardant - (they)
    watch
regarde - (I, s/he
    watch/es)
regardent - (they)
    watch
regarder - to watch

regardé - watched
religieux - religious
remonté - got back
    on
rencontré/e - met
rendez-vous - date
rentre - (I) re-enter
rentrée - re-entered
répété - practiced
répéter - to practice
répétition(s) -
    practice(s)
répétons - (we)
    practice
respiré - breathed
responsable -
    responsible
ressentie - felt
reste(s) - rest
retire - (I) pull back
retour - return
retourner - to return
retournons - (we)
    return
retrouver - to find
retrouvons - (we)
    find
(au) revoir - goodbye
rien - nothing
rire - to laugh
riz - rice
romantique -
    romantic
rose - pink
rues - streets
réalité - reality

réel/le - real
référence -
    reference
régime - regime
région - region
répond - (s/he)
    responds
répondre - to reply
réponds - (I, you)
    respond
répondu - responded
réponse - response
(me suis) réveillé -
    (I) woke up
révéler - to reveal

S
sa - his, her
sac - bag
sais - (I) know
sait - (s/he) knows
salle(s) - room(s)
salon - living room
salue - (s/he) greets
saluer - to greet
salut - hello
sans - without
sauf - except
savais - (I) knew
scolaire - school
    (adjective)
se - himself, herself
secondes - seconds
sélection - selection
semaine - week

semblaient - (they)
    seemed
semblait - (s/he, it)
    seemed
semble - seems
semestre - semester
sens - meaning
senti - felt
sentiments - feelings
sépare - separate
septième - seventh
sera - will be
sérieuse - serious
sérieux - serious
serveuse - waitress
servons - (we) serve
ses - his/her
seul - alone, only
seulement - only
sexualité - sexuality
si - if
sièges - seats
silencieuse - silent
silencieux - silent
soeur - sister
soi - self
soir - night
soirée - evening
soit - (s/he) is
sol - ground
soleil - sun
solidifié - solidified
sommes - (we) are
son - his, her
sont - (they) are
sors - (I) leave

sort - (s/he) takes
   out, leaves
sortant - leaving
sortes - sorts
sortir - to go out
sortons - (we) go out
souriait - (s/he) was
   smiling
sourire - to smile
sous - under
souvenir(s) –
   memory(ies)
souvent - often
spécial/e - special
spécialement –
   especially
stationnement –
   parking
su - knew
suis - (I) am
sujet - subject
sur - on
surnom - nickname
surpris - surprised
surtout - mostly
sympathique - nice

T

ta - your
tableaux –
   paintings
talentueux –
   talented
tant - so
tante(s) - aunt(s)
tape - (s/he) taps

tapis - blankets,
   cloths
taquine - (s/he)
   teases
taquiner - to tease
tard - late
te - you, to you
tee-shirt - t-shirt
tellement - so much
temps - time
tendue - stressed
terminer - to end,
   finish
terre - earth
tes - your
thé - tea
toi - you
ton - your
toujours - always
tour - round
touristes - tourists
tous - all
tout - all
tout de suite - right
   away
toute(s) - all
travail - work
travaille - (he) works
travaillent - (they)
   work
trente - thirty
triste - sad
trois - three
troisième - third
trop - too much
trouver - to find

trouvons - (we) find
trouvé - found
tu - you
télé - tv
téléphonais - (I)
    called
téléphone - phone
téléphoné - called

U
un/e - a, an
uniforme(s) -
    uniform(s)
université -
    university
utilisaient - (they)
    were using
utilisant - using
utilise - (I) use
utilisé(s) - used

V
va - (s/he, it) goes
vais - (I) go
vas - (you) go
vend - (s/he) sells
vendredi - Friday
venez - (you) come
venir - to come
vent - wind
ventre - stomach
venue - coming
vers - towards
vêtements - clothes
veulent - (they) want

veut - (s/he) wants
veux - (I) want
viande - meat
vide - empty
vie - life
viennent - (they)
    come
viens - come
vient - (s/he) comes
vieux - old
ville - town
viré - fired
visite - (I, s/he)
    visit/s
visiter - to visit
vite - quickly
voir - to see
vois - (I) see
voit - (s/he, we)
    sees, see
voiture - car
voix - voice
volley-ball -
    volleyball
vont - (they) go
votre - your
voulaient - (they)
    wanted
voulais - (you)
    wanted
vous - you plural
voyage - trip
voyais - (I) was
    seeing
vrai - true
vraiment - truly

vu(s) - saw
vérité - truth

Y

yeux - eyes

ABOUT THE AUTHOR

Jennifer Degenhardt taught high school Spanish for over 20 years. She realized her own students, many of whom had learning challenges, acquired language best through stories, so she began to write ones that she thought would appeal to them. She has been writing ever since.

Please check out the other titles by Jen Degenhardt available on Amazon:

Follow Jen Degenhardt on Facebook, Instagram @jendegenhardt9, and Twitter @JenniferDegenh1 or visit the website, www.puenteslanguage.com to sign up to receive information on new releases and other events.

ABOUT THE TRANSLATOR

Theresa Marrama has been teaching French to both middle and high school students for over 10 years. She lives in Northern New York. Since the age of 15 she has had a passion for language and culture, a passion which has flourished since stepping into the classroom.

Theresa is also a published CI author. She specializes in writing comprehensible readers in both French and Spanish (some of which have been translated to German). She believes in the power of reading and wants her students, as well as students everywhere, to be totally engaged and empowered to learn through reading. Check out her novels on her website, www.compellinglanguagecorner.com and her other products on her TpT store, https://www.teacherspayteachers.com/Store/The-Compelling-Language-Corner.

Titles by Theresa Marrama :
La Lettre | *La carta* | *Der Brief*
La Maison de 13 rue Verdon
L'Île au Tresor
Une Disparition Mysterieuse | *Una desaparición misteriosa* | *Geräusche im Wald* | The Mysterious Disappearance
La ofrenda de Sofía
Léo et Anton | *Luis y Antonio* | *Leona und Anna*